KB171111

목마와 숙녀

목마와 숙녀

박인환 지음 / 전규태 그림

B 범우

차 례

1. 목마와 숙녀

2. 아메리카 시초詩抄

3. 영원한 서장序章

4. 사랑의 포물선

박인환의 생애와 예술

박인환의 일생은 너무 짧은 생애였다. 31세면 한창 때인데…… 그가 세상 떠난 것이 1956년이니 벌써 반 세기가 지난 셈이다. 젊은 시절 그와 어울렸던 일들이 모두 어제 일같이 생생한데 세월은 어느새 이렇게 흘러 간 것이다.

그가 간 뒤로 나는 50년을 더 산 것이나 그동안에 이렇다 하게 해놓은 일도 없으니, 남달리 가열苛烈하게 살려고 항상 결심을 굳히던 인환을 생각하면 은근히 미안한 느낌마저 드는 것이다.

박인환이 만일 우리와 함께 살아서 80년대 후반이란 이 역사의 한가운데를 딛고 여전히 시를 쓴다면 과연 어떤 시를 쓸까 하는 생각을 종종 하게 된다. 모르기는 하나 아마 그도 많이 변모했을 것이다. 그는 한자리에 머물러 있기를 가장 겁내 한 시인이었다. 새로운 것 — 그 새롭다는 것이 무엇인지 확연히 규정지을 수 없는 것이지만, 그는 누구보다도 자신이 새로와지기를 염원하는 존재였기에 좀 더 살았더라면 누구보다도 그다운 재능과 면모를 보여주지 않았을까 싶은 것이다.

그는 노력하는 시인이었다. 노력이란 생존 자체를 위해 그 누구나가 다 하는 것이겠지만 그의 노력이란 다른 무엇보다도 시인으로서의 자각, 다시 말해 시를 '왜 쓰느냐'의 근본적인 문제를 위한 것이었다. '왜 시를 쓰느냐의 물음에 대해 민감하지 않곤 못 배긴다'는 신경질적 심성은 어찌 보면 인환의 체질을 말하는 것이기도 하나, 이러한 고통을 스스로 떠맡기를 즐겨 한 이면에는 남다른 노력이 있었을 것이라고 나는 믿는다.

술을 즐겨 마신 것도 결코 공연한 짓은 아니었다. 괴로울 때 혹은 견딜 수 없을 때 그는 술을 마셨다. 우리는 그 시절 아주 건장한 몸들이 아니었으므로 공복에 깡소주 퍼마시는 일이 피차 건강을 엉망으로 만든다는 것쯤 잘 알면서도, 술이 아니면 지탱이 안 된다는 심정으로 술을 마셨다. 시가, 마치 쓰고 독한 술이 주는 유혹과 회한 속에 있다는 것처럼 서로를 위로하면서 말이다.

인환은 처음에 의학 공부를 하였다. 나도 의학을 공부하다 문학 쪽으로 돌아섰으므로 그와 나는 비슷한 체험을 한

셈이었다. 또 서울이란 곳에 발을 들여놓고부터는 둘이 다 신문 기자 생활을 하였다. 당시에는 문학 하는 사람들이 신문사 일을 많이 했다. 글 쓰는 사람들이 모이는 일터가 흔히 신문사 아니면 출판사, 잡지사 같은 곳이었다.

우리들 주변의 어느 누구보다도 조숙한 편이었던 인환은 결혼도 일찍 한 셈이고, 서로 알게 되었을 무렵에는 시도 많이 써가지고 있거나 발표하였고, 순진하면서도 무척 어른스러운 데가 있었다.

나는 시장 바닥에서 구입한 헌 옷 따위를 걸치고 다니는데 비해, 그는 마치 시위라도 하듯이 영국 신사처럼 잔뜩 모양을 내고 다니는 습관이 있었다. 꾀죄죄하게 하고 다니는 벗들을 보면 "야, 거 좀 벗어 버려라" 혹은 "무슨 모양이 그러냐" 따위의 핀잔을 주곤 했었다.

나는 이런 경우에 반드시 '미친 자식' 이라는 욕으로 반격했는데, 맑은 정신에 친구들로부터 '미친 자식' 이란 놀림이나 욕을 먹어도 그는 태연히 빙긋빙긋 웃기만 했다.

그는 자기가 학교 다닐 때 권투를 배웠다고 했다. 그래서 어지간한 깡패들쯤은 겁나지 않다고도 했고, 한창 시절에는 애인을 데리고 서울의 뒷골목을 태연히 걸을 수 있었다고 입술에 힘을 주며 자랑스레 내게 설명하였다. 이것이 다

심심해서 하는 인환의 거짓말인 줄 알면서도 빙그레 웃으며 들어주면 혼자 신이 나서 어쩔 줄 몰라 하는 순진한 데를 그는 지니고 있었던 것이다.

"넌 할 수 없는 놈이다", "정말 미쳤다"고 타박을 줘도 사람 좋은 얼굴을 한 채 유유히 사라지던 껑충한 키의 인환의 모습이 지금도 눈앞에 선하다.

전쟁이 한창인 1951년 초에 우리는 '후반기' 그룹이란 조직을 만들었다. 모더니즘에 깊이 빠진 면면들의 일종 동인회인 것이다. 김경린, 조향, 김차영, 이봉래, 박인환, 김규동 이런 식으로 6인이 한패가 되어 당시의 기성 문단과 문화계에 반기를 드는 문학 운동을 폈는데, 주된 공격은 낡은 전통 문학, 이른바 구태 의연한 서정주의 시 내지는 감상주의에 대한 것이었고, 문단 및 문화계의 왜소한 권위주의에 대한 도전이었다.

해방 후의 문학이 일제 식민지 시대의 무기력한 퇴영성退嬰性이나 센티멘탈리즘으로 복귀하는 것이 무엇보다 견디기 어려웠다. 30년대나 40년대와 달라야 한다면 50년대 문학이 무엇이어야 할 것인지를 우리는 나름대로 추구해야만 했다.

'후반기' 멤버들은 이 노선이 모더니즘의 정신에 입각해

야 한다는 것을 누구나 확신했고, 그것은 30년대에서 40년
대에 이르는 한국의 모더니즘(김기림, 정지용, 김광균, 오장환 등
의 작업)의 체계를 세워 발전시킴으로써 문학의 유효성과 가
치를 높여 간다는 이념과 의욕으로 나타났다.

쉬르레알리슴이라든지 사상파 운동은 우리에게 끊을 수
없는 혈연 관계로 인식되었다. 개인적인 입장에서 보면 박
인환은 오든이나 스펜더에 매료된 감이 있었고, 조향과 나
는 브르통의 창조 작업에 한없는 동경을 가지고 있었다. 브
르통의 '초현실주의 선언'은 언제나 생생한 감격을 안겨줬
고, 엘뤼아르나 아라공이 설득력을 가지고 다가서는 것이
었다.

이른바 너무나 단선적인 또는 토속적인 50년대 한국시의
표현 기법이나 단순한 내용에 비하여, 서구 모더니즘은 역
동적인 흐름을 일시에 파급시키는 기능과 정신을 암시해
줬던 것이다.

인환은 프랑스 시인 가운데서는 쉬르보다는 콕토를 더
많이 읽은 것 같다. 그에게는 콕토의 지혜, 말하자면 고안
해 내는 특별한 시인으로서의 능력이나 괴벽을 좋아하는
취미가 있었다고 생각된다. 영시에서는 오든과 스펜더 이
외에 파운드를 쳤고 엘리어트는 별로 흥미가 없은 듯하다.

해방 직후에 오장환이 많은 시를 썼으나 나는 그 이전, 즉 30년대 후반에 발표한 작품에 흥미를 느꼈는데, 박인환은 해방 후 오장환 등과 직접 어울릴 기회도 있었으므로 어떤 점에서는(특히 시에 있어서의 울림이나 언어 선택) 영향을 받은 바도 있다고 느껴진다.

그러나 인환의 시 세계는 한마디로 로맨티시즘에 전적으로 몸을 내맡기면서도 감각은 극히 현대적이요 인생파적인 관념에 더 접근되어 있다. 그는 삶의 고뇌와 모순을 이미지로 제시하기보다는 감성과 암유를 통해 나타내는 경향이며 그러한 자세는 많은 경우에 웅변조라기보다는 비장한 노래의 형식으로 자리를 굳히는 것이다.

생각하는 시면서도 한편으로는 노래하는 감정을 배제하지 않는다. 사고와 노래가 주체와 객관처럼 서로 분리되는 일 없이 서로 연관하는 모양을 짓는 것이다. 그는 극단적인 주관주의와 소박한 영탄주의나 자연 유로적 감상주의를 경멸했고, 시는 역시 일정 수준의 지성을 기본으로 해야 할 것이라는 교만한 태도를 취한 듯하다.

난해성의 문제는 그의 시에서도 문제로 남지만 그만한 난해성은 현대시의 한 성격이라 보는 시인의 한 사람이었다.

그는 한 편의 시의 상이나 내용을 포착하고 나면 예상된 작품을 거꾸로 쓰는 연습도 했다. 말하자면 시를 끝 행부터 쓰는 것이다. 이런 시도는 의식의 단절과 행간의 의미를 중시하려는 의욕의 발단이 아닐까 싶다.

31세의 생애에 그는 결코 적다고 할 수 없을 만큼 많은 시와 산문을 썼다. 평소에 흔히 주머니에 시고詩稿를 넣고 다니던 그였다. 언제나 시를 생각했고 또 썼다. 부산 피난 시절에 우리는 모두 객지에서의 물질적 궁핍에 견디기 어려워했으나 인환은 그런 것을 비교적 잘 견디는 성격이었다. 당장 저녁쌀이 없어도 다방에 진을 치고 앉아서 문화와 문학을 이야기하고, 새로운 시와 음악에 대해 다투어 장광설과 흥분을 털어 놓을 만큼 열중했다.

"규동, 나 쓴 거 볼래?" 하면서 그가 꺼내 놓는 원고는 깨끗한 글씨로 정리된 신작新作인 경우가 많았다.

"이건 별로야" 혹은 "안 좋아" 하는 식으로 의견 교환을 하다가도 그는 퍼뜩 일어나 어디론가 휙 사라져 버리는 것이었다.

6 · 25는 한마디로 처참 이외의 아무것도 아니었다. 동족끼리 죽고 죽이는 처참한 싸움이 감행되는 가운데 잔인한 세월은 암흑 속으로 덧없이 흘렀다.

1953년 여름에 나는 봉직하던 신문사(연합신문)를 따라 서울로 왔고 인환이나 차영, 경린, 봉래 등도 서울에 돌아왔다. 부산에는 조향만 남고. 이 무렵 '후반기'는 자연 해체되었다. 모두 자유로이 각자의 길을 걷자는 합의에 따라 그렇게 된 것이다. 그러나 인환과 조향은 '후반기'를 계속하자는 뜻을 굽히지 않았다. 김수영이라든지 박태진, 조병화, 이한직, 장만영 같은 시인들까지 합쳐서 더 열을 내보자고 인환은 말하는 것이었다. 그러나 한번 해산을 하자 우리의 그룹 운동은 다시 이뤄지지 못하고 말았다.

환도 이후에 인환은 ― 나도 그러했지만 ― 이봉래, 유두연, 이진섭, 허백련 등과 영화를 열심히 보았고, 비평을 쓴다든지 그러한 문화 활동에 많은 시간을 바쳤다. 그러면서 시도 썼지만 조만간 우리들도 가족을 거느린 이상에는 생활의 기반이란 걸 세워야 했던 것이다. 세방이라도 얻고 각자 살아 나가야 했다.

내가 근무하던 한국일보 낡은 사옥 2층에 앉아 있노라면 하루에도 두어 차례씩 인환이 들르곤 하였는데 그때의 희고 여윈 모습은 잊을 수가 없다.

"여봐, 뭐 좀 먹을 것 없어?" 하면서 싱글벙글하던 그 티 없이 맑은 얼굴…….

그는 책을 무척 좋아해서 무슨 책이든지 닥치는대로 가

지고 가곤 했다. 문화부에는 심심찮게 책이 들어왔는데 인환은 나한테 와서 그것들을 가끔 약탈해 갔다.

수영이나 차영, 병화, 봉래는 밖에서 주로 만났지만 인환은 신문사에 뻔질나게 드나들었다. 주필이었던 오종식선생 책도 가끔 먹어 갔다. 그런 책들의 일부는 쌀가게에 많이 갔다고 했다. 쌀집 주인이 빚 독촉을 못 하도록 책을 갖다 주는 것으로 입을 틀어막는 회유책을 썼다는 후일담이다.

"한 잔의 술을 마시고(중간 줄임) 목마를 타고 떠난 숙녀의 옷자락을 이야기한다(중간 줄임) 불이 보이지 않아도/거저 간직한 페시미즘의 미래를 위하여/우리는 처량한 목마 소리를 기억하여야 한다/모든 것이 떠나든 죽든(중간 줄임) 눈을 뜨고 한 잔의 술을 마셔야 한다"(〈목마와 숙녀〉 에서)

이 시를 읽으면 고심 참담하게 생활의 둑을 헤쳐 가느라고 방황하던 그의 모습이 연상되며, 허무하게 바라보는 시대의 지평이 보이는 것만 같다.

1956년 3월 우리는 그를 망우리에 쓸쓸히 묻었다. 술을 좋아했던 그는 역시 폭음을 하고 심장이 잘못 됐던 것이다.

앞에서 나는 인환이 지금 우리와 함께 살아 있다면 시도 많이 변했을 것이라는 말을 했거니와 그것은 결코 공연한 뜻에서 하는 말이 아니다. 그는 우리 주변의 누구보다도 시의 사회성이나 역사성 문제를 자각하는 시인이었다.

김수영 못지 않게 사회와 역사의 모순과 갈등을 의식했으나, 다만 개인의 고뇌와 운명으로 그것이 표출되는 과정에서 서민성 내지 민중성을 획득하지 못했을 뿐 부조리와 인간모순에 대한 회의와 감성은 대단히 날카로웠다. 그러기에 그가 좀더 살면서 시를 썼다면 그 특유의 소시민적 비애와 고독을 벗어나 새로운 민족시의 광야에 나서게 되었을 것이다.

그는 필시 분단의 모순과 민족의 분열을 바로 보려는 민족 시인의 길을 열었을 것이다. 모더니즘을 통해 한국 문학을 보고, 한편 민중이 나갈 길을 분명히 보는 그러한 튼튼한 시인이 되었을 가망성이 많다는 말이다. 그러한 역사적인 변모 — 모더니즘이 세계와 인류를 구하는 하나의 길이었다면 이것을 통과하여 내 나라 민중의 질곡과 염원(한)을 직시하는 예리한 시각으로 돌아와 투쟁의 공동체에 참여하는 영광을 누렸을 것이다.

그러나 그는 31세의 아까운 나이로 우리 곁을 떠났다. 하지만 그가 남긴 작품들은 세월이 갈수록 많은 사람들의 은

밀한 사랑을 받고 있다. 이는 그가 생전에 예상하지 못했던
일일 것이다.

김규동 金奎東(시인)

1
목마와 숙녀

목마와 숙녀

한 잔의 술을 마시고
우리는 버지니아 울프의 생애와
목마木馬를 타고 떠난 숙녀의 옷자락을 이야기한다
목마는 주인을 버리고 거저 방울 소리만 울리며
가을 속으로 떠났다 술병에서 별이 떨어진다
상심傷心한 별은 내 가슴에 가벼웁게 부숴진다
그러한 잠시 내가 알던 소녀는
정원의 초목 옆에서 자라고
문학이 죽고 인생이 죽고
사랑의 진리마저 애증愛憎의 그림자를 버릴 때
목마를 탄 사랑의 사람은 보이지 않는다
세월은 가고 오는 것
한때는 고립을 피하여 시들어 가고
이제 우리는 작별하여야 한다
술병이 바람에 쓰러지는 소리를 들으며
늙은 여류 작가의 눈을 바라다보아야 한다
…… 등대에 ……

불이 보이지 않아도

거저 간직한 페시미즘의 미래를 위하여

우리는 처량한 목마 소리를 기억하여야 한다

모든 것이 떠나든 죽든

거저 가슴에 남은 희미한 의식을 붙잡고

우리는 버지니아 울프의 서러운 이야기를 들어야 한다

두 개의 바위 틈을 지나 청춘을 찾은 뱀과 같이

눈을 뜨고 한 잔의 술을 마셔야 한다

인생은 외롭지도 않고

거저 잡지의 표지처럼 통속하거늘

한탄할 그 무엇이 무서워서 우리는 떠나는 것일까

목마는 하늘에 있고

방울 소리는 귓전에 철렁거리는데

가을바람 소리는

내 쓰러진 술병 속에서 목메어 우는데

세 사람의 가족

나와 나의 청순한 아내
여름날 순백한 결혼식이 끝나고
우리는 유행품으로 화려한
상품의 쇼우 윈도우를 바라보며 걸었다.

전쟁이 머물고
평온한 지평에서
모두의 단편적인 기억이
비둘기의 날개처럼 솟아나는 틈을 타서
우리는 내성內省과 회한에의 여행을 떠났다.

평범한 수확의 가을
겨울은 백합처럼 향기를 풍기고 온다.
죽은 사람들은 싸늘한 흙 속에 묻히고
우리의 가족은 세 사람.

토르소의 그늘 밑에서

나의 불운한 편력인 일기책이 떨고
그 하나하나의 지면紙面은
음울한 회상의 지대로 날아갔다.

아 창백한 세상과 나의 생애에
종말이 오기 전에
나는 고독한 피로에서
빙화氷花처럼 잠들은 지나간 세월을 위해
시를 써본다.

그러나 창 밖
암담한 상가
고통과 구토가 동결된 밤의 쇼우 윈도우
그 곁에는
절망과 기아飢餓의 행렬이 밤을 새우고
내일이 온다면
이 정막靜寞의 거리에 폭풍이 분다.

최후의 회화會話

아무 잡음도 없이 멸망하는
도시의 그림자
무수한 인상과
전환하는 연대의 그늘에서
아 영원히 흘러가는 것
신문지의 경사傾斜에 얽혀진
그러한 불안의 격투.

함부로 개최되는 주장酒場의 사육제謝肉祭
흑인의 트럼펫
구라파 신부의 비명
정신의 황제!
내 비밀을 누가 압니까?
체험만이 늘고
실내는 잔잔한 이러한
환영幻影의 침대에서.

회상의 기원起源

오욕의 도시

황혼의 망명객

검은 외투에 목을 굽히면

들려 오는 것

아 영원히 듣기 싫은 것

쉬어 빠진 진혼가鎭魂歌

오늘의 폐허에서

우리는 또다시 만날 수 있을까

1950년의 사절단.

병든 배경의 바다에

국화가 피었다

폐쇄된 대학의 정원은

지금은 묘지

회화繪畵와 이성理性의 뒤에 오는 것

술 취한 수부水夫의 팔목에 끼여

파도처럼 밀려드는
불안한 최후의 회화會話.

낙하

미끄럼판에서
나는 고독한 아킬레스처럼
불안의 깃발 날리는
땅 위에 떨어졌다.
머리 위의 별을 헤아리면서

그 후 20년
나는 운명의 공원 뒷담 밑으로
영속된 죄의 그림자를 따랐다.
아 영원히 반복되는
미끄럼판의 승강
친근에의 증오와 또한
불행과 비참과 굴욕에의 반항도 잊고
연기 흐르는 쪽으로 달려가면
오욕의 지난날이 나를 더욱 괴롭힐 뿐.

멀리서 회색 사면斜面과
불안한 밤의 전쟁
인류의 상흔과 고뇌만이 늘고
아무도 인식하지 못할
망각의 이 지상에서
더욱 더욱 가랁아 간다.

처음 미끄럼판에서
내리달린 쾌감도
미지의 숲속을
나의 청춘과 도주하던 시간도
나의 낙하하는
비극의 그늘에 있다.

영원한 일요일

날개 없는 여신이 죽어 버린 아침
나는 폭풍에 싸여
주검의 일요일을 올라간다.

파란 의상을 감은 목사와
죽어가는 놈의
숨가쁜 울음을 따라
비탈에서 절름거리며 오는
나의 형제들.
절망과 자유로운
모든 것을……

싸늘한 교외의 사구砂丘에서
모진 소낙비에 으끄러지며
자라지 못하는 유용 식물有用植物.

낡은 회귀의 공포와 함께
예절처럼 떠나 버리는 태양.

수인囚人이여
지금은 희미한 철형凸刑의 시간
오늘은 일요일
너희들은 다행하게도
다음 날에의
비밀을 갖지 못했다.
절름거리며 교회에 모인 사람과
수족이 완전함에 불구하고
복음도 축수도 없이
떠나가는 사람과

상풍傷風된 사람들이여
영원한 일요일이여

회상의 긴 계곡

아름답고 사랑처럼 무한히 슬픈
회상의 긴 계곡
그랜드 쇼우처럼 인간의 운명이 허물어지고
검은 연기여 올라라
검은 환영幻影이여 살아라.

안개 내린 시야에
신부의 베일인가 가늘은 생명의 연속이
최후의 송가頌歌와
불안한 발걸음에 맞추어
어데로인가
황폐한 토지의 외부로 떠나가는데
울음으로서 죽음을 대치하는
수없는 악기들은
고요한 이 계곡에서 더욱 서럽다.

강기슭에서 기약할 것 없이 쓰러지는
하루만의 인생
화려한 욕망
여권은 산산이 찢어지고
낙엽처럼 길 위에 떨어지는
캘린더의 향수를 안고
자전거의 소녀여 나와 오늘을 살자.

군인이 피워 물던
물뿌리와 검은 연기의 인상과
위기에 가득 찬 세계의 변경邊境
이 회상의 긴 계곡 속에서도
열을 지어 죽음의 비탈을 지나는
서럽고 또한 환상에 속은 어리석은 영원한 순교자.
우리들.

일곱 개의 층계

가만히 눈을 감고 생각하니
지난 하루하루가 무서웠다.
무엇이나 거리낌없이 말했고
아무에게도 협의해 본 일이 없던
불행한 연대였다.

비가 줄줄 내리는 새벽
바로 그때이다
죽어간 청춘이
땅속에서 솟아 나오는 것이……
그러나 나는 뛰어들어
서슴없이 어깨를 거느리고
악수한 채 피 묻은 손목으로
우리는 암담한 일곱 개의 층계를 내려갔다.

《인간의 조건》의 앙드레 말로
《아름다운 지구地區》의 아라공

모두들 나와 허물없던 우인友人
황혼이면 피곤한 육체로
우리의 개념이 즐거이 이름 불렀던
'정신과 관련된 호텔'에서
말로는 이빠진 정부情婦와
아라공은 절름발이 사상思想과
나는 이들을 응시하면서……
이러한 바람의 낮과 애욕의 밤이
회상의 사진처럼
부질하게 내 눈앞에 오고 간다.

또 다른 그 날
가로수 그늘에서 울던 아이는
옛날 강가에 내가 버린 영아嬰兒
쓰러지는 건물 아래
슬픔에 죽어가던 소녀도
오늘 환상처럼 살았다

이름이 무엇인지

나라를 애태우는지

분별할 의식조차 내게는 없다

시달림과 증오의 육지

패배의 폭풍을 뚫고

나의 영원한 작별의 노래가

안개 속에 울리고

지난날의 무거운 회상을 더듬으며

벽에 귀를 기대면

머나먼

운명의 도시 한복판

희미한 달을 바라

울며 울며 일곱 개의 층계를 오르는

그 아이의 방향은

어데인가.

(1948년)

1953년의 여자에게

유행은 섭섭하게도
여자들에게서 떠났다.
왜?
그것은 스스로 기원起源을 찾기 위하여

어떠한 날
구름과 환상의 접경을 더듬으며
여자들은
불길한 옷자락을 벗어 버린다.

회상의 푸른 물결처럼
고독은 세월에 살고
혼자서 흐느끼는
해변의 여신과도 같이
여자들은 완전한 시간을 본다.

황막한 연대여
거품과 같은 허영이여
그것은 깨어진 거울의 여윈 인상.

필요한 것과
소모消耗의 비례를 위하여
전쟁은 여자들의 눈을 감시한다.
코르셋으로 침해된 건강은
또한 유행은 정신의 방향을 봉쇄한다.

여기서 최후의 길손을 바라볼 때
허약한 바늘처럼
바람에 쓰러지는
무수한 육체
그것은 카인의 정부情婦보다
사나운 독을 풍긴다.

44 목마와 숙녀

출발도 없이
종말도 없이
생명은 부질하게도
여자들에게서 어두움처럼 떠나는 것이다.
왜?
그것을 대답하기에는
너무도 준열한 사회가 있었다.

불행한 신

오늘 나는 모든 욕망과
사물事物에 작별하였습니다.
그래서 더욱 친한 죽음과 가까워집니다.
과거는 무수한 내일에
잠이 들었습니다.
불행한 신
어데서나 나와 함께 사는
불행한 신
당신은 나와 단둘이서
얼굴을 비벼대고 비밀을 터놓고
오해나
인간의 체험이나
고절孤絶된 의식에
후회ㅎ지 않을 것입니다.
또다시 우리는 결속되었습니다.
황제의 신하처럼 우리는 죽음을 약속합니다.
지금 저 광장의 전주처럼 우리는 존재됩니다.

쉴 새 없이 내 귀에 울려 오는 것은
불행한 신 당신이 부르시는
폭풍입니다.
그러나 허망한 천지 사이를
내가 있고 엄연히 주검이 가로놓이고
불행한 당신이 있으므로
나는 최후의 안정을 즐깁니다.

검은 신이여

저 묘지에서 우는 사람은 누구입니까.

저 파괴된 건물에서 나오는 사람은 누구입니까.

검은 바다에서 연기처럼 꺼진 것은 무엇입니까.

인간의 내부에서 사멸된 것은 무엇입니까.

일년이 끝나고 그 다음에 시작되는 것은 무엇입니까.

전쟁이 빼앗아간 나의 친우는 어데서 만날 수 있습니까.

슬픔 대신에 나에게 죽음을 주시오.

인간을 대신하여 세상을 풍설로 뒤덮어 주시오.

건물과 창백한 묘지 있던 자리에

꽃이 피지 않도록.

하루의 일년의 전쟁의 처참한 추억은
검은 신이여
그것은 당신의 주제主題일 것입니다.

미래의 창부

— 새로운 신에게

여윈 목소리로 바람과 함께
우리는 내일을 약속하지 않는다.
승객이 사라진 열차 안에서
오 그대 미래의 창부娼婦여
너의 희망은 나의 오해와
감흥만이다.

전쟁이 머물은 정원에
설레이며 다가드는
불운한 편력의 사람들
그 속에 나의 청춘이 자고
절망이 살던
오 그대 미래의 창부여
너의 욕망은
나의 질투와 발광만이다.

향기 짙은 젖가슴을
총알로 구멍 내고
암흑의 지도地圖, 고절된 치마 끝을
피와 눈물과
최후의 생명으로 이끌며
오 그대 미래의 창부여
너의 목표는 나의 무덤인가.
너의 종말도 영원한 과거인가.

밤의 노래

정막한 가운데
인광처럼 비치는 무수한 눈
암흑의 지평은
자유에의 경계를 만든다.

사랑은 주검의 사면斜面으로 달리고
취약하게 조직된
나의 내면은
지금은 고독한 술병.

밤은 이 어두운 밤은
안테나로 형성되었다
구름과 감정의 경위도經緯度에서
나는 영원히 약속될
미래에의 절망에 관하여 이야기도 하였다.

또한 끝없이 들려 오는 불안한 파장
내가 아는 단어와
나의 평범한 의식은
밝아 올 날의 영역으로
위태롭게 인접되어 간다.

가느다란 노래도 없이
길목에선 갈대가 죽고
우거진 이신異神의 날개들이
깊은 밤
저 기아의 별을 향하여 작별한다.

고막을 깨뜨릴 듯이
달려오는 전파
그것이 가끔 교회의 종소리에 합쳐
선을 그리며
내 가슴의 운석隕石에 가랐아 버린다.

살아 있는 것이 있다면

— 현재의 시간과 과거의 시간은 거의 모두가
  미래의 시간 속에 나타난다 (T.S. 엘리어트)

살아 있는 것이 있다면
그것은 나와 우리들의 죽음보다도
더한 냉혹하고 절실한
회상과 체험일지도 모른다.

살아 있는 것이 있다면
여러 차례의 살육에 복종한 생명보다도
더한 복수와 고독을 아는
고뇌와 저항일지도 모른다.

한걸음 한걸음 나는 허물어지는
정적靜寂과 초연硝煙의 도시 그 암흑 속으로……
명상과 또다시 오지 않을 영원한 내일로……
살아 있는 것이 있다면

유형流刑의 애인처럼 손잡기 위하여
이미 소멸된 청춘의 반역을 회상하면서
회의와 불안만이 다정스러운
모멸의 오늘을 살아 나간다.

……아 최후로 이 성자의 세계에
살아 있는 것이 있다면 분명히
그것은 속죄의 회화繪畵 속의 나녀裸女와
회상도 고뇌도 이제는 망령에게 팔은
철없는 시인
나의 눈감지 못한
단순한 상태의 시체일 것이다…….

(1952년 1월)

불신의 사람

나는 바람이 길게 멈출 때
항구의 등불과
그 위대한 의지의 설움이
불멸의 씨를 뿌리는 것을 보았다.

폐에 밀려드는 싸늘한 물결처럼
불신不信의 사람과 망각의 잠을 이룬다.
피와 외로운 세월과
투영되는 일체의 환상과
시보다도 더욱 가난한 사랑과
떠나는 행복과 같이
속삭이는 바람과
오 공동 묘지에서 퍼덕이는
시발과 종말의 깃발과
지금 밀폐된 이런 세계에서
권태롭게
우리는 무엇을 이야기하는가.

등불이 꺼진 항구에
마지막 조용한 의지의 비는 내리고
내 불신의 사람은 오지 않았다.
내 불신의 사람은 오지 않았다.

의혹의 기旗

얇은 고독처럼 퍼덕이는 기
그것은 주검과 관념의 거리를 알린다.

허망한 시간
또는 줄기찬 행운의 순시瞬時
우리는 도립倒立된 석고처럼
불길을 바라볼 수 있었다.
낙엽처럼 싸움과 청년은 흩어지고
오늘과 그 미래는 확립된 사념이 없다.

바람 속의 내성內省
허나 우리는 죽음을 원하지 않는다.
피폐한 토지에선
한줄기 연기가 오르고
우리는 아무 말도 없이 눈을 감았다.

최후처럼 인상은 외롭다.

안구眼球처럼 의욕은 숨길 수가 없다.
이러한 중간의 면적에
우리는 떨고 있으며
떨리는 깃발 속에
모든 인상印象과 의욕은 그 모습을 찾는다.

185…년의 여름과 가을에 걸쳐서
애정의 뱀은 어두움에서 암흑으로
세월과 함께 성숙하여 갔다.
그리하여 나는 비틀거리며
뱀이 들어간 길을 피했다.

잊을 수 없는 의혹의 기
잊을 수 없는 환상의 기
이러한 혼란된 의식 아래서
아폴론은 위기의 병을 껴안고
고갈된 세계에 가랁아 간다.

눈을 뜨고도

우리들의 섬세한 추억에 관하여
확신할 수 있는 잠시
눈을 뜨고도
볼 수 없는 상태는 어찌할 수가 없었다.

진눈개비처럼 아니
이즈러진 사랑의 환영처럼
빛나면서도
암흑처럼 다가오는
오늘의 공포
거기 나의 기묘한 청춘은 자고
세월은 간다.

녹슬은 흉부에
잔잔한 물결에 회상과 회한은 없다.

푸른 하늘가를
기나긴 하계의 비는 내렸다.
겨레와 울던 감상感傷의 날도
진실로
눈을 뜨고도 볼 수 없는 상태
우리는 결코
맹목의 시대에 살고 있는 것인가.
시력은 복종의 그늘을 찾고 있는 것인가.

지금 우수에 잠긴 현창舷窓에 기대어
살아 있는 자의 선택과
죽어간 놈의 침묵처럼
보이지는 않으나 관능과 의지의
믿음만을 원하며
목을 굽히는 우리들
오 인간의 가치와
조용한 지면地面에 파묻힌 사자死者들

또 하나의 환상과

나의 불길한 혐오

참으로 조소로운 인간의 주검과

눈을 뜨고도

볼 수 없는 상태

얼마나 무서운 치욕이냐.

단지 존재와 부재의 사이에서

센티멘털 쟈니

주말 여행
엽서…… 낙엽
낡은 유행가의 설움에 맞추어
피폐한 소설을 읽던 소녀.

이태백의 달은
울고 떠나고
너는 벽화에 기대어
담배를 피우는 숙녀.

카프리 섬의 원정園丁
파이프의 향기를 날려 보내라
이브는 내 마음에 살고
나는 그림자를 잡는다.

세월은 관념
독서는 위장僞裝
거저 죽기 싫은 예술가.

오늘이 가고 또 하루가 온들
도시에 분수는 시들고
어제와 지금의 사람은
천상 유사天上有事를 모른다.

술을 마시면 즐겁고
비가 내리면 서럽고
분별이여 구분이여.

수목은 외롭다.
혼자 길을 가는 여자와 같이
정다운 것은 죽고
다리 아래 강은 흐른다.

지금 수목에서 떨어지는 엽서
긴 사연은
구름에 걸린 달 속에 묻히고
우리들은 여행을 떠난다
주말 여행
별말씀
거저 옛날로 가는 것이다.

아 센티멘털 쟈니
센티멘털 쟈니

행복

노인은 육지에서 살았다.
하늘을 바라보며 담배를 피우고
시들은 풀잎에 앉아
손금도 보았다.
차 한 잔을 마시고
정사情死한 여자의 이야기를
신문에서 읽을 때
비둘기는 지붕 위에서 훨훨 날았다.
노인은 한숨도 쉬지 않고
더욱 아무것도 바라지 않으며
성서를 외우고 불을 끈다.
그는 행복이라는 것을 말하지 않았다.
거저 고요히 잠드는 것이다.

노인은 꿈을 꾼다.
여러 친구와 술을 나누고
그들이 죽음의 길을 바라보던 전날을.

노인은 입술에 미소를 띄우고
쓰디쓴 감정을 억제할 수가 있다.
그는 지금의 어떠한 순간도
증오할 수가 없었다.
노인은 죽음을 원하기 전에
옛날이 더욱 영원한 것처럼 생각되며
자기와 가까이 있는 것이
멀어져 가는 것을
분간할 수가 있었다.

미스터 모某의 생과 사

입술에 피를 바르고
미스터 모某는 죽는다.

어두운 표본실에서
그의 생존시의 기억은
미스터 모의 여행을
기다리고 있었다.

원인도 없이
유산은 더욱 없이
미스터 모는 생과 작별하는 것이다.

일상이 그러한 것과 같이
주검은 친우와도 같이
다정스러웠다.

미스터 모의 생과 사는
신문이나 잡지의 대상이 못 된다.
오직 유식한 의학도의
일편一片의 소재로서
해부의 대臺에 그 여운을 남긴다.

무수한 촉광 아래
상흔은 확대되고
미스터 모는 죄가 많았다.
그의 청순한 아내
지금 행복은 의식의 중간을 흐르고 있다.

결코
평범한 그의 죽음을 비극이라 부를 수 없었다.
산산이 찢어진 불행과
결합된 생과 사와
이러한 고독의 존립을 피하며

미스터 모는

영원히 미소하는 심상心象을

손쉽게 잡을 수가 있었다.

거리

나의 시간에 스코올과 같은 슬픔이 있다
붉은 지붕 밑으로 향수가 광선을 따라가고
한없이 아름다운 계절이
운하의 물결에 씻겨 갔다.

아무 말도 하지 말고
지나간 날의 동화를 음률에 맞춰
거리에 화액花液을 뿌리자
따뜻한 풀잎은 젊은 너의 탄력같이
밤을 지구 밖으로 끌고 간다

지금 그곳에는 코코아의 시장이 있고
과실果實처럼 기억만을 아는 너의 음향이 들린다
소년들은 뒷골목을 지나 교회에 몸을 감춘다
아세틸렌 냄새는 내가 가는 곳마다
음영같이 따른다.

거리는 매일 맥박을 닮아 갔다
베링 해안 같은 나의 마을이
떨어지는 꽃을 그리워한다
황혼처럼 장식한 여인들은 언덕을 지나
바다로 가는 거리를 순백한 식장으로 만든다

전정戰庭의 수목 같은 나의 가슴은
베고니아를 끼어안고 기류氣流속을 나온다
망원경으로 보던 천만의 미소를 회색 외투에
싸아
얼은 크리스마스의 밤길로 걸어 보내자

(1946년 12월)

지하실

황갈색 계단을 내려와
모인 사람은
도시의 지평에서 싸우고 왔다

눈앞에 어리는 푸른 시그널
그러나 떠날 수 없고
모두들 선명한 기억 속에 잠든다
달빛 아래
우물을 푸던 사람도
지하의 비밀은 알지 못했다
이미 밤은 기울어져 가고
하늘엔 청춘이 부서져
에메랄드의 불빛이 흐른다

겨울의 새벽이어
너에게도 지열地熱과 같은 따스함이 있다면
우리의 이름을 불러라

아직 바람과 같은

속력이 있고

투명한 감각이 좋다

밤의 미매장未埋葬
— 우리들을 괴롭히는 것은 주검이 아니라 장례식이다

당신과 내일부터는 만나지 맙시다.
나는 다음에 오는 시간부터는 인간의 가족이 아닙니다.
왜 그러할 것인지 모르나
지금처럼 행복해서는
조금 전처럼 착각이 생겨서는
다음부터는 피가 마르고 눈은 감길 것입니다.

사랑하는 당신의 침대 위에서
내가 바랄 것이란 나의 비참이 연속되었던
수없는 음영의 연월이
이 행복의 순간처럼 속히 끝나 줄 것입니다.
……뇌우雷雨 속의 천사
그가 피를 토하며 알려 주는 나의 위치는
광막한 황지에 세워진 궁전보다도 더욱 꿈같고
나의 편력처럼 애처롭다는 것입니다.

사랑하는 당신의 부드러운 젖과 가슴을 내 품안에 안고
나는 당신이 죽는 곳에서 내가 살며
내가 죽는 곳에서 당신의 출발이 시작된다고……
황홀히 생각합니다.
그리고 저기 무지개처럼 허공에 그려진
감촉과 향기만이 짙었던 청춘의 날을 바라봅니다.

당신은 나의 품속에서 신비와 아름다운 육체를
숨김 없이 보이며 잠이 들었습니다.
불멸의 생명과 나의 사랑을 대치하셨습니다.
호흡이 끊긴 불행한 천사……
당신은 빙화처럼 차가우면서도
아름답게 행복의 어두움 속으로 떠나셨습니다.
고독과 함께 남아 있는 나와
희미한 감응의 시간과는 이젠 헤어집니다.
장송곡을 연주하는 관악기모양
최종 열차의 기적이 정신을 두드립니다.

시체인 당신과
벌거벗은 나와의 사실을
불안한 지구地區에 남기고
모든 것은 물과 같이 사라집니다.
사랑하는 순수한 불행이여 비참이여 착각이여
결코 그대만은
언제까지나 나와 함께 있어 주시오
내가 의식하였던
감미한 육체와 회색 사랑과
관능적인 시간은 참으로 짧았습니다.
잃어버린 것과
욕망에 살던 것은……
사랑의 자체姿體와 함께 소멸되었고
나는 다음에 오는 시간부터는 인간의 가족이 아닙니다.
영원한 밤
영원한 육체
영원한 밤의 미매장未埋葬

나는 이국의 여행자처럼

무덤에 핀 차가운 흑장미를 가슴에 답니다.

그리고 불안과 공포에 펄떡이는

사자의 의상을 몸에 휘감고

바다와 같은 묘망渺茫한 암흑 속으로 뒤돌아 갑니다.

허나 당신은 나의 품안에서 의식은 회복ㅎ지 못합니다.

2
아메리카 시초詩抄

84 목마와 숙녀

태평양에서

갈매기와 하나의 물체
'고독'
연월도 없고 태양은 차갑다.
나는 아무 욕망도 갖지 않겠다.
더욱이 낭만과 정서는
저기 부숴지는 거품 속에 있어라.
죽어간 자의 표정처럼
무겁고 침울한 파도 그것이 노할 때
나는 살아 있는 자라고 외칠 수 없었다.
거저 의지의 믿음만을 위하여
심유深幽한 바다 위를 흘러가는 것이다.

태평양에 안개가 끼고 비가 내릴 때
검은 날개에 검은 입술을 가진
갈매기들이 나의 가까운 시야에서 나를 조롱한다.
'환상幻想'
나는 남아 있는 것과

잃어버린 것과의 비례를 모른다.

옛날 불안을 이야기했었을 때
이 바다에선 포함砲艦이 가라앉고
수십만의 인간이 죽었다.
어둠침침한 조용한 바다에서 모든 것은 잠이 들었다.
그렇다. 나는 지금 무엇을 의식하고 있는가?
단지 살아 있다는 것만으로서.

바람이 분다.
마음대로 불어라. 나는 데키에 매달려
기념이라고 담배를 피운다.
무한한 고독. 저 연기는 어디로 가나.

밤이여. 무한한 하늘과 물과 그 사이에
나를 잠들게 해라.

15일간

깨끗한 시이트 위에서
나는 몸부림을 쳐도 소용이 없다.
공간에서 들려 오는 공포의 소리
좁은 방에서 나비들이 나른다.
그것을 들어야 하고
그것을 보아야 하는
의식儀式.
오늘은 어제와 분별이 없건만
내가 애태우는 사람은 날로 멀건만
죽음을 기다리는 수인囚人과 같이
권태로운 하품을 하여야 한다.

창 밖에 나리는 미립자
거짓말이 많은 사전辭典
헐수없이 나는 그것을 본다
변화가 없는 바다와 하늘 아래서
욕할 수 있는 사람도 없고

알래스카에서 달려온 갈매기처럼
나의 환상의 세계를 휘돌아야 한다.
위스키 한 병 담배 열 갑
아니 내 정신이 소모되어 간다. 시간은
15일간을 태평양에서는 의미가 없다.
허지만
고립과 콤플렉스의 향기는
내 얼굴과 금간 육체에 젖어 버렸다.

바다는 노하고 나는 잠들려고 한다.
누만년의 자연 속에서 나는 자아를 꿈꾼다.
그것은 기묘한 욕망과
회상의 파편을 다듬는
음참陰慘한 망집妄執이기도 하다.

밤이 지나고 고뇌의 날이 온다.
척도를 위하여 코오피를 마신다.
사변四邊은 철鐵과 거대한 비애에 잠긴
하늘과 바다.
그래서 나는 어제 외롭지 않았다.

충혈된 눈동자

STRAIT OF JUAN DE FUCA를 어제 나는
지났다.
눈동자에 바람이 휘도는
이국의 항구 올림피아
피를 토하며 잠자지 못하던 사람들이
행복이나 기다리는 듯이 거리에 나간다.

착각이 만든 네온의 거리
원색과 혈관은 내 눈엔 보이지 않는다.
거품에 넘치는 술을 마시고
정욕에 불타는 여자를 보아야 한다.

그의 떨리는 손가락이 가리키는
무거운 침묵 속으로 나는
발버둥치며 달아나야 한다.

세상은 좋았다
피의 비가 내리고
주검의 재가 날리는 태평양 건너서
다시 올 수 없는 사람은 떠나야 한다
아니 세상은 불행하다고 나는 하늘에
고함친다
몸에서
베고니아처럼 화끈거리는 욕망을 위해
거짓과 진실을 마음대로 써야 한다.

젊음과 그가 가지는 기적은
내 허리에 비애의 그림자를 던졌고
도시의 계곡 사이를 달음박질치는
육중한 바람을
충혈된 눈동자는 바라다보고 있었다.

(올림피아에서)

어느 날의 시가 되지 않는 시

당신은 일본인이지요?
차이니즈? 하고 물을 때
나는 불쾌하게 웃었다.
거품이 많은 술을 마시면서
나도 물었다
당신은 아메리카 시민입니까?
나는 거짓말 같은 낡아빠진 역사와
우리 민족과 말이 단일하다는 것을
자랑스럽게 말했다.
황혼.
타아반 구석에서 흑인은 구두를 닦고
거리의 소년이 즐겁게 담배를 피우고 있다.

여우女優 가르보의 전기책이 놓여 있고
그 옆에는 디텍티브 스토리가 쌓여 있는
서점의 쇼우 윈도우
손님이 많은 가게 안을 나는 들어가지 않았다.

비가 내린다.

내 모자 위에 중량이 없는 억압이 있다.

그래서 뒷길을 걸으며

서울로 빨리 가고 싶다고

센티멘털한 소리를 한다.

(에베레트에서)

여행

나는 나도 모르는 사이에 먼 나라로
여행의 길을 떠났다.
수중엔 돈도 없이
집엔 쌀도 없는 시인이
누구의 속임인가
나의 환상인가
거저 배를 타고
많은 인간이 죽은 바다를 건너
낯설은 나라를 돌아다니게 되었다.

비가 내리는 주립 공원을 바라보면서
2백 년 전
이 다리 아래를 흘러간 사람의 이름을
수첩에 적는다.
캡틴 ××
그 사람과 나는 관련이 없건만
우연히 온 사람과 죽은 사람은

저기 푸르게 잠든 호수의 수심을
잊을 수 없는 것일까.

거룩한 자유의 이름으로 알려진 토지
무성한 삼림이 있고
비렴계관飛廉桂館과 같은 집이
연이어 있는 아메리카의 도시
시애틀의 네온이 붉은 거리를
실신한 나는 간다
아니 나는 더욱 선명한 정신으로
타아반에 들어가 향수를 본다.
이즈러진 회상
불멸의 고독
구두에 남은 한국의 진흙과
상표도 없는 '공작' 의 연기
그것은 나의 자랑이다
나의 외로움이다.

또 밤거리
거리의 음료수를 마시는
포오틀란드의 이방인
저기
가는 사람은 나를 무엇으로 보고 있는가.

(포오틀란드에서)

수부들

수부水夫들은 갑판에서
갈매기와 이야기한다
······너희들은 어데서 왔니······
화란和蘭 성냥으로 담배를 붙이고
싱가포르 밤거리의 여자
지금도 생각이 난다.
동상처럼 서서 부두에서 기다리겠다는
얼굴이 까만 입술이 짙은 여자
파도여 꿈과 같이 부숴지라
헤아릴 수 없는 순백한 밤이면
하아모니카 소리도 처량하고나
포오틀란드 좋은 고장 술집이 많아
크레온 칠한 듯이 네온이 밝은 밤
아리랑 소리나 한번 해보자

> (포오틀란드에서 이 시는 겨우 우리말을 쓸 수 있는
> 어떤 수부의 것을 내 이미지로 고쳤다)

에베레트의 일요일

분란인芬蘭人 미스터 몬은
자동차를 타고 나를 데리러 왔다.
에베레트의 일요일
와이샤쓰도 없이 나는 한국 노래를 했다.
그저 쓸쓸하게 가냘프게
노래를 부르면 된다
……파파 러브스 맘보……
춤을 추는 돈나
개와 함께 어울려 호숫가를 걷는다.

텔레비전도 처음 보고
칼로리가 없는 맥주도 처음 마시는
마음만의 신사
즐거운 일인지 또는 슬픈 일인지
여기서 말해 주는 사람은 없다.

석양

낭만을 연상ㅎ게 하는 시간.

미칠 듯이 고향 생각이 난다.

그래서 몬과 나는

이야기할 것이 없었다

이젠 헤어져야 된다.

(에베레트에서)

이국 항구

에베레트 이국의 항구
그날 봄비가 내릴 때
돈나 캬벨 잘 있거라.

바람에 펄럭이는 너의 잿빛머리
열병에 걸린 사람처럼
내 머리는 화끈거린다.

몸부림쳐도 소용없는
사랑이라는 것을 서로 알면서도
젊음의 눈동자는 막지 못하는 것.

처량한 기적汽笛
데키에 기대어 담배를 피우고
이제 나는 육지와 작별을 한다.

눈물과 신화의 바다 태평양
주검처럼 어두운 노도怒濤를 헤치며
남해호의 우렁찬 엔진은 울린다.

사랑이여 불행한 날이여
이 넓은 바다에서
돈나 캬벨 — 불러도 대답은 없다.

새벽 한 시時의 시詩

대낮보다도 눈부신
포오틀란드의 밤거리에
단조로운 그렌 미이라의 랍소디가 들린다.
쇼 윈도우에서 울고 있는 마네킹.

앞으로 남지 않은 나의 잠시를 위하여
기념이라고 진 피이즈를 마시면
녹슬은 가슴과 뇌수에 차디찬 비가 내린다.

나는 돌아가도 친구들에게 얘기할 것이 없고나
유리로 만든 인간의 묘지와
벽돌과 콘크리트 속에 있던
도시의 계곡에서
흐느껴 울었다는 것 외에는…….

천사처럼

나를 매혹시키는 허영의 네온.

너에게는 안구眼球가 없고 정서가 없다.

여기선 인간이 생명을 노래하지 않고

침울한 상념만이 나를 구한다.

바람에 날려 온 먼지와 같이

이 이국의 땅에선 나는 하나의 미생물이다.

아니 나는 바람에 날려 와

새벽 한 시 기묘한 의식으로

그래도 좋았던

부식된 과거로

돌아가는 것이다.

(포오틀란드에서)

다리 위의 사람

다리 위의 사람은
애증과 부채負債를 자기 나라에 남기고
암벽에 부딪히는 파도 소리에 놀래
바늘과 같은 손가락은
난간을 쥐었다.
차디찬 철鐵의 고체
쓰디쓴 눈물을 마시며
혼란된 의식에 가랁아 버리는
다리 위의 사람은
긴 항로 끝에 이르는 정막한 토지에서
신의 이름을 부른다.

그가 살아 오는 동안
풍파와 고절은 그칠 줄 몰랐고
오랜 세월을 두고
DECEPTION PASS에도
비와 눈이 내렸다.

또다시 헤어질 숙명이기에
만나야만 되는 것과 같이
지금 다리 위의 사람은
로사리오 해협에서 불어오는
처량한 바람을 잊으려고 한다.
잊으려고 할 때 두 눈을 가로막는
새로운 불안
화끈거리는 머리
절벽 밑으로 그의 의식은 떨어진다.
태양이 레몬과 같이 물결에 흔들거리고
주립 공원 하늘에는
에메랄드처럼 반짝거리는 기계가 간다.
변함없이 다리 아래 물이 흐른다.
절망된 사람의 피와도 같이
파란 물이 흐른다
다리 위의 사람은
흔들리는 발걸음을 걷잡을 수가 없었다.

투명한 버라이어티

녹슬은
은행과 영화관과 전기 세탁기

럭키 스트라이크
VANCE 호텔 BINGO 게임.

영사관 로비에서
눈부신 백화점에서
부활제의 카아드가
RAINIER 맥주가.

나는 옛날을 생각하면서
텔레비전의 LATE NIGHT NEWS를 본다.
캐나다 CBC 방송국의
광란한 음악
입맞추는 신사와 창부.
조준은 젖가슴

아메리카 워싱톤 주.

비에 젖은 소년과 담배
고절된 도서관
오늘 올드 미스는 월경이다.

희극 여우처럼 눈살을 피면서
최현배 박사의 《우리말본》을
핸드백 옆에 놓는다.

타이프라이터의 신경질
기계 속에서 나무는 자라고
엔진으로부터 탄생된 사람들

신문과 숙녀의 옷자락이 길을 막는다.
여송연을 물은 전 수상은
아메리카의 여자를 사랑하는지?

식민지의 오후처럼
회사의 깃발이 퍼덕거리고
페리이 코모의 〈파파 러브스 맘보〉
찢어진 트럼펫
구겨진 애욕.

데모크라시와 옷 벗은 여신과
칼로리가 없는 맥주와 유행과
유행에서 정신을 희열하는
디자이너와
표정이 경련痙攣하는 나와

트렁크 위에 장미는 시들고
문명은 은근한 곡선을 긋는다.

조류는 잠들고
우리는 페인트칠한 잔디밭을 본다

달리는 유니온 퍼시픽 안에서
상인은 쓸쓸한 혼약의 꿈을 꾼다.
반항적인 M. 몬로의
날개 돋힌 의상.

교회의 일본어 선전물에서는
크레졸 냄새가 나고
옛날
'루돌프 앨폰스 발렌티노'의 주검을
비탄으로 맞이한 나라
그때의 숙녀는 늙고
아메리카는 청춘의 음영을 잊지 못했다.

스트립 쇼우
담배 연기의 암흑
시력이 없는 네온사인.

그렇다 '성性의 10년'이 떠난 후
전장에서 청년은 다시 도망쳐 왔다.
자신과 영예와
구라파의 달(月)을 바라다보던 사람은……

혼란과 질서의 반복이
물결치는 거리에
고백의 시간은 간다.

집요하게 태양은 내리쪼이고
MT · HOOT의 눈은 변함이 없다.

연필처럼 가느다란 내 목구멍에서
내일이면 가치가 없는 비애로운 소리가 난다.

빈약한 사념思念

아메리카 모나리자
필립 모리스 모리스 브리지

비정한 행복이라도 좋다
4월 10일의 부활제가 오기 전에
굿바이
굿 엔드 굿바이

3
영원한 서장序章

어린 딸에게

기총과 포성의 요란함을 받아 가면서
너는 세상에 태어났다 주검의 세계로
그리하여 너는 잘 울지도 못하고
힘없이 자란다.

엄마는 너를 껴안고 3개월간에
일곱 번이나 이사를 했다.

서울에 피의 비와
눈 바람이 섞여 추위가 닥쳐오던 날
너는 입은 옷도 없이 벌거숭이로
화차貨車 위 별을 헤아리면서 남南으로 왔다.

나의 어린 딸이여 고통스러워도 애소도 없이
그대로 젖만 먹고 웃으며 자라는 너는
무엇을 그리 우느냐.

너의 호수처럼 푸른 눈
지금 멀리 적을 격멸하러 바늘처럼 가느다란
기계는 간다. 그러나 그림자는 없다.

엄마는 전쟁이 끝나면 너를 호강시킨다 하나
언제 전쟁이 끝날 것이며
나의 어린 딸이여 너는 언제까지나
행복할 것인가.

전쟁이 끝나면 너는 더욱 자라고
우리들이 서울에 남은 집에 돌아갈 적에
너는 네가 어데서 태어났는지도 모르는
그런 계집애.

나의 어린 딸이여
너의 고향과 너의 나라가 어데 있느냐
그때까지 너에게 알려 줄 사람이

살아 있을 것인가.

한 줄기 눈물도 없이

음산한 잡초가 무성한 들판에
용사가 누워 있었다.
구름 속에 장미가 피고
비둘기는 야전 병원 지붕 위에서 울었다.

존엄한 죽음을 기다리는
용사는 대열을 지어
전선으로 나가는 뜨거운 구두 소리를 듣는다.
아 창문을 닫으시오.

고지 탈환전
제트기 박격포 수류탄
어머니! 마지막 그가 부를 때
하늘에서 비가 내리기 시작했다.

옛날은 화려한 그림책
한장 한장마다 그리운 이야기
만세 소리도 없이 떠나
흰 붕대에 감겨
그는 남 모르는 토지에서 죽는다.

한 줄기 눈물도 없이
인간이라는 이름으로서
그는 피와 청춘을
자유를 위해 바쳤다.

음산한 잡초가 무성한 들판엔
지금 찾아오는 사람도 없다.

잠을 이루지 못하는 밤

넓고 개체個體많은 토지에서
나는 더욱 고독하였다.
힘없이 집에 돌아오면 세 사람의 가족이
나를 쳐다보았다. 그러나
나는 차디찬 벽에 붙어 회상에 잠긴다.

전쟁 때문에 나의 재산과 친우가 떠났다.
인간의 이지理智를 위한 서적 그것은 잿더미가 되고
지난날의 영광도 날아가 버렸다.
그렇게 다정했던 친우도 서로 갈라지고
간혹 이름을 불러도 울림조차 없다.
오늘도 비행기의 폭음이 귀에 잠겨
잠이 오지 않는다.

잠을 이루지 못하는 밤을 위해 시를 읽으면
공백한 종이 위에
그의 부드럽고 원만하던 얼굴이 환상처럼 어린다.

미래에의 기약도 없이 흩어진 친우는
공산주의자에게 납치되었다.
그는 사자死者만이 갖는 속도로
고뇌의 세계에서 탈주하였으리라.

정의의 전쟁은 나로 하여금 잠을 깨운다.
오래도록 나는 망각의 피안에서 술을 마셨다.
하루 하루가 나에게 있어서는
비참한 축제이었다.

그러나 부단한 자유의 이름으로서
우리의 뜰 앞에서 벌어진 싸움을 통찰할 때
나는 내 출발이 늦은 것을 고한다.

나의 재산……이것은 부스럭지
나의 생명……이것도 부스럭지
아 파멸한다는 것이 얼마나 위대한 일이냐.

마음은 옛과는 다르다. 그러나
내게 달린 가족을 위해 나는 참으로 비겁하다
그에게 나는 왜 머리를 숙이며 왜 떠드는 것일까.
나는 나의 말로를 바라본다.
그리하여 나는 혼자서 운다.

이 넓고 개체 많은 토지에서
나만이 지각이다.
언제 죽을지도 모르는 나는
생에 한없는 애착을 갖는다.

부드러운 목소리로 이야기할 때

나는 언제나 샘물처럼 흐르는
그러한 인생의 복판에 서서
전쟁이나 금전이나 나를 괴롭히는 물상과
부드러운 목소리로 이야기할 때
한 줄기 소낙비는 나의 얼굴을 적신다.

진정코 내가 바라던 하늘과 그 계절은
푸르고 맑은 내 가슴을 눈물로 스치고
한때 청춘과 바꾼 반항도
이젠 서적처럼 불타 버렸다.

가고 오는 그러한 제상諸相과 평범 속에서
술과 어지러움을 한하는 나는
어느 해 여름처럼 공포에 시달려
지금은 하염없이 죽는다.

사라진 일체의 나의 애욕아
지금 형태도 없이 정신을 잃고
이 쓸쓸한 들판
아니 이즈러진 길목 처마 끝에서
부드러운 목소리로 이야기한들
우리들 또다시 살아 나갈 것인가.

정막처럼 잔잔한
그러한 인생의 복판에 서서
여러 남녀와 군인과 또는 학생과
이처럼 쇠퇴한 철없는 시인이
불안이다 또는 황폐롭다
부드러운 목소리로 이야기한들
광막한 나와 그대들의 기나긴 종말의 노정은
예나 지금이나 변함없노라.

오 난해한 세계
복잡한 생활 속에서
이처럼 알기 쉬운 몇 줄의 시와
말라 버린 나의 쓰디쓴 기억을 위하여
전쟁이나 사나운 애정을 잊고
넓고도 간혹 좁은 인간의 단상壇上에 서서
내가 부드러운 목소리로 이야기할 때
우리는 서로 만난 것을 탓할 것인가
우리는 서로 헤어질 것을 원할 것인가.

검은 강

신이란 이름으로서
우리는 최종의 노정을 찾아 보았다.

어느 날 역전에서 들려 오는
군대의 합창을 귀에 받으며
우리는 죽으러 가는 자와는
반대 방향의 열차에 앉아
정욕처럼 피폐한 소설에 눈을 흘겼다.

지금 바람처럼 교차하는 지대
거기엔 일체의 불순한 욕망이 반사되고
농부의 아들은 표정도 없이
폭음과 초연이 가득 찬
생과 사의 경지에 떠난다.

달은 정막보다도 더욱 처량하다.
멀리 우리의 시선을 집중한

인간의 피로 이루운

자유의 성채城砦

그것은 우리와 같이 퇴각하는 자와는 관련이 없었다.

신이란 이름으로서

우리는 저 달 속에

암담한 검은 강이 흐르는 것을 보았다.

고향에 가서

갈대만이 한없이 무성한 토지가
지금은 내 고향.

산과 강물은 어느 날의 회화繪畵
피 묻은 전신주 위에
태극기 또는 작업모가 걸렸다.
학교도 군청도 내 집도
무수한 포탄의 작렬과 함께
세상엔 없다.

인간이 사라진 고독한 신의 토지
거기 나는 동상처럼 서 있었다.
내 귓전엔 싸늘한 바람이 설레이고
그림자는 망령과도 같이 무섭다.

어려서 그땐 확실히 평화로왔다.
운동장을 뛰다니며
미래와 살던 나와 내 동무들은
지금은 없고
연기 한 줄기 나지 않는다.

황혼 속으로
감상 속으로
차는 달린다.
가슴속에 흐느끼는 갈대의 소리
그것은 비창悲愴한 합창과도 같다.

밝은 달빛
은하수와 토끼
고향은 어려서 노래 부르던
그것뿐이다.

비 내리는 사경斜傾의 십자가와

아메리카 공병工兵이

나에게 손짓을 해준다.

신호탄

— 수색대장 K중위는 신호탄을 올리며 적병 30명과
  함께 죽었다. 1951년 1월

위기와 영광을 고할 때
신호탄은 터진다.
바람과 함께 살던 유년幼年도
떠나간 행복의 시간도
무거운 복잡에서
더욱 단순으로 순화하여 버린다.

옛날 식민지의 아들로
검은 땅덩어리를 밟고
그는 주검을 피해
태양 없는 처마 끝을 걸었다.

어두운 밤이여
마지막 작별의 노래를
그 무엇으로 표현하였는가.

슬픈 인간의 유형을 벗어나
참다운 해방을
그는 무엇으로 신호하였는가.

"적을 쏘라
침략자 공산군을 사격해라.
내 몸뚱어리가 벌집처럼 터지고
뻘건 피로 화할 때까지
자장가를 불러 주신 어머니
어머니 나를 중심으로 한 주변에
기총을 소사掃射하시오. 적은 나를 둘러쌌소"

생과 사의 눈부신 외접선을 그으며
하늘에 구멍을 뚫은 신호탄
그가 침묵한 후
구멍으로 끊임없이 비가 내렸다.
단순에서 더욱 주검으로

그는 나와 자유의 그늘에서 산다.

무도회

연기와 여자들 틈에 끼어
나는 무도회에 나갔다.

밤이 새도록 나는 광란의 춤을 추었다.
어떤 시체를 안고.

황제는 불안한 샹들리에와 함께 있었고
모든 물체는 회전하였다.

눈을 뜨니 운하는 흘렀다.
술보다 더욱 진한 피가 흘렀다.

이 시간 전쟁은 나와 관련이 없다.
광란된 의식과 불모의 육체…… 그리고
일방적인 대화로 충만된 나의 무도회.
나는 더욱 밤 속에 가랑아 간다.

석고의 여자를 힘있게 껴안고

새벽에 돌아가는 길 나는 내 친우가
전사한 통지를 받았다.

서부 전선에서
— 윤을수 신부에게

싸움이 다른 곳으로 이동한
이 작은 도시에
연기가 오른다.
종소리가 들린다.
희망의 내일이 오는가.
비참한 내일이 오는가.
아무도 확언하는 사람은 없었다.

그러나 연기 나는 집에는
흩어진 가족이 모여들었고
비 내린 황톳길을 걸어
여러 성직자는 옛날 교구로 돌아왔다.

"신이여 우리의 미래를 약속하시오.
회한과 불안에 얽매인 우리에게 행복을 주시오"
주민은 오직 이것만을 원한다.

군대는 북으로 북으로 갔다.
토막土幕에서도 웃음이 들린다.
비둘기들이 화창한
봄의 햇볕을 쪼인다.

새로운 결의를 위하여

나의 나라 나의 마을 사람들은
아무 회한도 거리낌도 없이 그저
적의 침략을 쳐부시기 위하여
신부와 그의 집을 뒤에 남기고
건조한 산악에서 싸웠다 그래서
그들의 운명은 노호했다.
그들에겐 언제나 축복된 시간이 있었으나
최초의 피는 장미와 같이 가슴에서 흘렀다.
새로운 역사를 찾기 위한
오랜 침묵과 명상 그러나
죽은 자와 날개 없는 승리
이런 것을 나는 믿고 싶지가 않다.

더욱 세월이 흘렀다고 하자
누가 그들을 기억할 것이냐.
단지 자유라는 것만이 남아 있는 거리와
용사의 마을에서는

신부는 늙고 아비 없는 어린것들은
풀과 같이
바람 속에서 자란다.

옛날이 아니라 그저 절실한 어제의 이야기
침략자는 아직도 살아 있고
싸우러 나간 사람은 돌아오지 않고
무거운 공포의 시대는 우리를 지배한다.
아 복종과 다름이 없는 지금의 시간
의의를 잃은 싸움의 보람
나의 분노와 남아 있는 인간의 설움은
하늘을 찌른다.

폐허와 배고픈 거리에는
지나간 싸움을 비웃듯이 비가 내리고
우리들은 울고 있다.
어찌하여?

소기所期의 것은 아무것도 얻지 못했다.
원수들은 아직도 살아 있지 않은가.

.

이 거리는 환영한다
— 반공 청년에게 주는 노래

어느 문이나
열리어 있다
식탁 위엔
장미와 술이
흐르고

깨끗한 옷도
걸려 있다
이 거리에는
채찍도
철조망도
설득 공작도
없다

이 거리에는
독재도

모해謀害도
강제 노동도
없다
가고 싶은
거리에서
거리에로
가라
어데서나
가난한
이 민족
따스한 표정으로

어데서나
서러운
그대들의
지나간 질곡을
위로할 것이니

가고 싶은
거리에서
네활개 치고
가라
이 거리는
찬란한 자유의
고장

이 거리는
그대들의
새로운 출발점
이제 또다시
막을 자는
아무도 없다
넓은 하늘
저 구름처럼
자유롭게

또한
뭉쳐 흘러라

어느 문이나
열리어 있다
깨끗한 옷에
장미를 꽂고
술을 마셔라

어떠한 날까지
— 이 중위의 만가輓歌를 대신하여

—— 형님 저는 담배를
피우게 되었습니다 ——
이런 이야기를 하던 날
바다가 반사된 하늘에서
평면의 심장을 뒤흔드는
가늘한 기계의 비명이 들려 왔다
20세의 해병대 중위는
담배를 피우듯이
태연한 작별을 했다.

그가 서부 전선 무명의 계곡에서
복잡으로부터
단순을 지향하던 날
운명의 부질함과
생명과 그 애정을 위하여
나는 이단의 술을 마셨다.

우리의 일상과 신변에
우리의 그림자는
명확한 위기를 말한다
나와 싸움과 자유의 한계는
가까우면서도
망원경이 아니면 알 수 없는
생명의 고집에 젖어 버렸다
죽엄이여
회한의 내성의 절박한 시간이여
적은 바로
나와 나의 일상과 그림자를 말한다.

연기와 같은 검은 피를 토하며……
안개 자욱한 젊은 연령의 음영에……
청춘과
자유의 존엄을 제시한
영원한 미성년

우리의 처참한 기억이
어떠한 날까지 이어갈 때
싸움과 단절의 들판에서
나는 홀로 이단의 존재처럼
떨고 있음을 투시한다.

(1952년 11월 20일)

4
사랑의 포물선

세월이 가면

지금 그 사람의 이름은 잊었지만
그의 눈동자 입술은
내 가슴에 있어.

바람이 불고
비가 올 때도
나는 저 유리창 밖
가로등 그늘의 밤을 잊지 못하지.

사랑은 가고
과거는 남는 것
여름날의 호숫가
가을의 공원
그 벤치 위에
나뭇잎은 떨어지고
나뭇잎은 흙이 되고
나뭇잎에 덮여서

우리들 사랑이 사라진다 해도
지금 그 사람의 이름은 잊었지만
그의 눈동자 입술은
내 가슴에 있어
내 서늘한 가슴에 있건만.

열차

— 궤도 우에 철鐵의 풍경을 질주하면서 그는 야생한
  신시대의 행복을 전개한다. (스티븐 스펜더)

폭풍이 머문 정거장 거기가 출발점
정력과 새로운 의욕 아래
열차는 움직인다.
격동의 시간
꽃의 질서를 버리고
공규空閨한 너의 운명처럼
열차는 떠난다.
검은 기억은 전원에 흘러가고
속력은 서슴없이 죽엄의 경사를 지난다

청춘의 복바침을
나의 시야에 던진 채
미래에의 외접선을 눈부시게 그으며
배경은 핑크빛 향기로운 대화
깨진 유리창 밖 황폐한 도시의 잡음을 차고

율동하는 풍경으로
활주하는 열차
가난한 사람들의 슬픈 관습과
봉건의 터널 특권의 장막을 뚫고
핏비린 언덕 너머 곧
광선의 진로를 따른다
다음 헐벗은 수목의 집단 바람의 호흡을 안고
눈이 타오르는 처음의 녹지대
거기엔 우리들의 황홀한 영원의 거리가 있고
밤이면 열차가 지나온
커다란 고난과 노동의 불이 빛난다
혜성보다도
아름다운 새날보담도 밝게

인천항

사진 잡지에서 본 향항香港 야경을 기억하고 있다
그리고 중일전쟁 때
상해上海 부두를 슬퍼했다

서울에서 삼천 킬로를 떨어진 곳에
모든 해안선과 공통되어 있는
인천항이 있다.

가난한 조선의 푸로필을
여실히 표현한 인천 항구에는
상관商舘도 없고
영사관도 없다

따뜻한 황해의 바람이
생활의 도움이 되고져
나푸킨 같은 만 내灣內에 뛰어들었다

해외에서 동포들이 고국을 찾아 들 때
그들이 처음 상륙한 곳이
인천 항구이다.

그러나 날이 갈수록
은주銀酒와 아편과 호콩이 밀선密船에 실려 오고
태평양을 건너 무역풍을 탄 칠면조가
인천항으로 나침을 돌렸다.

서울에서 모여든 모리배는
중국서 온 헐벗은 동포의 보따리같이
화폐의 큰 뭉치를 등지고
황혼의 부두를 방황했다

밤이 가까울수록
성조기가 퍼덕이는 숙사宿舍와
주둔소駐屯所의 네온사인은 붉고

짠그의 불빛은 푸르며
마치 유니온 작크가 날리든
식민지 향항의 야경을 닮아간다.

조선의 해항海港 인천의 부두가
중일전쟁 때 일본이 지배했던
상해의 밤을 소리없이 닮아간다.

식물

태양은 모든 식물에게 인사한다

식물은 24시간 행복하였다.

식물 위에 여자가 앉았고
여자는 반역한 환영을 생각했다.

향기로운 식물의 바람이 도시에 분다.

모두들 창을 열고 태양에게 인사한다.

식물은 24시간 잠들지 못했다.

가을의 유혹

가을은 내 마음에
유혹의 길을 가리킨다.
숙녀들과 바람의 이야기를 하면
가을은 다정한 피리를 불면서
회상의 풍경을 지나가는 것이다.

전쟁이 길게 머물은 서울의 노대露臺에서
나는 모딜리아니의 화첩을 뒤적거리며
정막한 하나의 생애의 한시름을
찾아보는 것이다.
그러한 순간
가을은 청춘의 그림자처럼 또는
낙엽모양 나의 발목을 끌고
즐겁고 어두운 사념의 세계로 가는 것이다.

즐겁고 어두운 가을의 이야기를 할 때
목메인 소리로 나는 사랑의 말을 한다.

그것은 폐원廢園에 있던 벤치에 앉아
고갈된 분수를 바라보며
지금은 죽은 소녀의 팔목을 잡던 것과 같이
쓸쓸한 옛날의 일이며
여름은 느리고 인생은 가고
가을은 또다시 오는 것이다.

회색 양복과 목관 악기는 어울리지 않는다.
그저 목을 늘어뜨리고
눈을 감으면
가을의 유혹은 나로 하여금 잊을 수 없는
사랑의 사람으로 한다.
눈물 젖은 눈동자로 앞을 바라보면
인간이 매몰될 낙엽이
바람에 날리어 나의 주변을 휘돌고 있다.

서정가 抒情歌

실신한 듯이 목욕하는 청년

꿈에 본 '죠셉 베르네' 의 바다

반연체 동물의 울음이 들린다

사나토리움에 모여든 숙녀들

사랑하는 여자는 층계에서 내려온다

'니사미' 의 시집보다도 비장한 이야기

냅킨이 가벼운 인사를 하고

성하 盛夏의 낙엽은 내 가슴을 덮는다.

식민항의 밤

항연의 밤
영사 부인에게 아시아의 전설을 말했다.

자동차도 인력거도 정거停車되었으므로
신성한 땅 위를 나는 걸었다.

은행 지배인이 동반한 꽃 파는 소녀
그는 일찌기 자기의 몸값보다
꽃값이 비쌌다는 것을 안다.

육전대陸戰隊의 연주회를 듣고 오던 주민은
적개심으로 식민지의 애가를 불렀다.

삼각주의 달빛
백주白晝의 유혈을 밟으며 찬 해풍海風이
나의 얼굴을 적신다.

나의 생애에 흐르는 시간들

나의 생애에 흐르는 시간들
가느다란 일년의 안젤루스

어두워지면 길목에서 울었다
사랑하는 사람과

숲 속에서 들리는 목소리
그의 얼굴은 죽은 시인이었다

늙은 언덕 밑
피로한 계절과 부서진 악기

모이면 지낸 날을 이야기한다
누구나 저만이 슬프다고

가난을 등지고 노래도 잃은
안개 속으로 들어간 사람아

이렇게 밝은 밤이면
빛나는 수목이 그립다

바람이 찾아와 문은 열리고
찬 눈은 가슴에 떨어진다

힘없이 반항하던 나는
겨울이라 떠나지 못하겠다

밤새우는 가로등
무엇을 기다리나

나도 서 있다
무한한 과실果實만 먹고

불행한 샹송

산업은행 유리창 밑으로
대륙의 시민이 푸롬나아드하던 지난해 겨울
전쟁을 피해 온 여인은
총소리가 들리지 않는 과거로
수태受胎하며 뛰어다녔다.

폭풍의 뮤으즈는 등화 관제 속에
고요히 잠들고
이 밤 대륙은 한 개 과실처럼
대리석 위에 떨어졌다.

짓밟힌 나의 우월감이여
시민들은 한 사람 한 사람이 '데모스테네스'
장치의 연출가는 도망한
아를르캉을 찾으러 돌아다닌다.

시장市長의 조마사調馬師는
밤에 가장 가까운 저녁때
웅계雄鷄가 노래하는 블루우스에 화합되어
평행면체의 도시 계획을
코스모스가 피는 한촌寒村으로 안내하였다.

의상점에 신화神化한 마네킨
저 기적汽笛은 Express for Mukden
마로니에는 창공에 동결되고
기적처럼 사라지는 여인의 그림자는
재스민의 향기를 남겨 주었다.

사랑의 Parabola

어제의 날개는 망각 속으로 갔다.
부드러운 소리로 창을 두들기는 햇빛
바람과 공포를 넘고
밤에서 맨발로 오는 오늘의 사람아

떨리는 손으로 안개 낀 시간을 나는 지켰다.
희미한 등불을 던지고
열지 못할 가슴의 문을 부쉈다.

새벽처럼 지금 행복하다.
주위의 혈액은 살아 있는 인간의 진실로 흐르고
감정의 운하로 표류하던
나의 그림자는 지나간다.

내 사랑아
너는 찬 기후에서 긴 행로를 시작했다. 그러므로
폭풍우도 서슴지 않고 참혹마저 무섭지 않다.

짧은 하루 허나
너와 나의 사랑의 포물선은
권력 없는 지구 끝으로
오늘의 위치의 연장선이
노래의 형식처럼 내일로
자유로운 내일로……

구름

어린 생각이 부서진 하늘에
어머니구름 작은 구름들이
사나운 바람을 벗어난다.

밤비는
구름의 층계를 뛰어내려
우리에게 봄을 알려 주고
모든 것이 생명을 찾았을 때
달빛은 구름 사이로
지상의 행복을 빌어 주었다.
새벽 문을 여니
안개보다 따스한 호흡으로
나를 안아 주던 구름이여
시간은 흘러가
네 모습은 또다시 하늘에
어느 곳에서도 바라볼 수 있는
우리의 전형

서로 손 잡고 모이면
크게 한 몸이 되어
산다는 괴로움으로 흘러가는 구름
그러나 자유 속에서
아름다운 석양 옆에서
헤매는 것이
얼마나 좋으니

장미의 온도

나신裸身과 같은 흰 구름이 흐르는 밤
실험실 창 밖
과실의 생명은
화폐모양 권태하고 있다.
밤은 깊어 가고
나의 찢어진 애욕은
수목이 방탕하는 포도鋪道에 질주한다.

나팔 소리도 폭풍의 부감俯瞰도
화판花瓣의 모습을 찾으며
무장한 거리를 헤맸다.

태양이 추억을 품고
안벽岸壁을 지나던 아침
요리의 위대한 평범을
Close-up한 원시림의
장미의 온도

박인환 연보

1926년	8월 15일, 강원도 인제군 인제면 상동리 159번지에서 태어남. 아버지 박광선朴光善 씨와 어머니 함숙형 씨 사이의 4남 2녀 중 맏아들.
1933년	인제보통학교 입학.
1936년	서울로 이주. 원서동에서 거주. 덕수공립보통학교에 편입 시험을 치르고 4학년에 편입함.
1939년	경기중학교(5년제) 입학.
1941년	3월 16일, 경기중학교 자퇴하고, 한성학교 야학을 다님.
1942년	황해도 재령 명신중학교(5년제, 기독교 재단)에 편입 시험을 치르고 편입.
1944년	명신중학교 졸업. 관립 평양의학전문학교 입학.
1945년	8·15 광복을 맞아서 학업 중단하고 서울로 돌아옴. 종로 3가 2번지 낙원동 입구에서 서점 마리서사書肆를 경영. 이후 시인 김광균, 김기림 등 많은 문인들을 만남.
1946년	시 〈거리〉를 발표. 시 작품 활동 시작.
1948년	봄에 이정숙李丁淑 씨와 덕수궁에서 결혼식을 올림. 자유신문사에 문화부 기자로 입사. '신시론' 동인으로 제1집 발간에 참여. 12월 첫째아들 '세형' 태어남. 세종로 135번지로 이사.
1949년	김경린, 임호권, 김수영, 양병식 시인과 함께 '신시론'의 동인 5인 합동 시집 《새로운 도시와 시민들의 합창》 출

간, 시 5편 수록. 모더니즘 시인으로서 각광을 받음.
경향신문사에 입사.

1950년   모더니즘 동인 그룹 '후반기後半紀'에 참여.
6 · 25동란 일어남.
9월에 딸 '세화' 출생.
12월에 가족과 함께 대구로 피난.

1951년   경향신문사가 대구에서 전선판 신문을 발행함에 따라서
기자 및 종군 기자로 활약.
5월에 발족한 종군 작가단에 참여.
가을에 부산으로 이주.

1952년   6월 16일, 부산에서 국제신보사가 발행한 당시의 《주간
국제》 지의 후반기 특집에 시론 〈현대시의 불행한 단
면〉을 씀.
경향신문사 퇴사.
대한해운공사 입사.

1953년   5월 둘째아들 '세곤' 태어남.
7월 중순 무렵 서울에 돌아옴. 서울에 오기 전 광복동
다방에서 '후반기' 동인 그룹의 해체론이 있었음.

1955년   3월 5일, 대한해운공사 소속 '남해호'를 타고 미국에
다녀옴. 기행시 및 기행문을 씀.
대한해운공사 퇴사.
10월 15일에 첫 시집 《박인환선시집》을 냄.

1956년   시 〈세월이 가면〉 등을 씀.
3월 20일 밤 9시, 심장 마비로 자택에서 세상을 떠남.
9월 19일, 추석에 문우들이 망우리 묘소에 시비詩碑를 세움.

목마와 숙녀

2013년 4월 10일 초판·1쇄 발행

지은이 박인환
그린이 전규태
펴낸이 윤형두
펴낸데 종합출판 범우(주)

등록   2004. 1. 6. 제406－2004－000012호
주소   (413－756) 경기도 파주시 교하읍 문발리 출판단지 525－2
전화   031－955－6900~4
팩스   031－955－6905
홈페이지 http://www.bumwoosa.co.kr
이메일 bumwoosa@chol.com
ISBN   978－89－6365－094－4 03810

* 값은 뒤표지에 있습니다.

이 도서의 국립중앙도서관 출판시 도서목록(CIP)은
e-CIP홈페이지(http://www.nl.go.kr/cip.php)에서 이용하실 수 있습니다.
(CIP제어번호 : CIP 2013000633)

산과 바다와 여행길에

범우문고

2,800 ~ 3,900원

범우문고는 환경보호를 위해
재생지를 사용하고 있습니다.

▶ 전국 서점에서 낱권으로 판매합니다
▶ 계속 출간됩니다

돈 황
돈황연구원·돈황현 박물관 지음
최혜원·이유진 공역

중국 불교예술의 보고인 돈황석굴에서 발견된 문물들의 정화판!
· 총 208폭에 이르는 사진을 골라 컬러 수록함.
· 돈황의 역사 및 석굴 예술과 돈황 유서에 관한 논문 네 편을 실었다.
  사진에 관한 설명은 287항목이다.
타블로이드판/고급양장본/케이스 入/360쪽/값 130,000원

한국서화가 인명사전
한문영 지음

국내 서예가·화가 등 10,000여 명 인명·작품 총 집대성!
· 국내 서예가 3천여명, 화가 2천여명, 불화승 2천 4백여명, 현존 작가
  2천여명 등 삼국시대에서부터 근·현대 서화가 총망라.
· 서예 작품 760여점, 그림 560여점, 인물사진 70여점, 총 1,500여점
  사진 수록.
4×6배판/고급양장본/케이스 入/970쪽/값 150,000원

겸재 정선 진경산수화
최완수
(간송미술관 민족미술연구실장) 지음

조선후기 전통 화법에서 벗어나 활달하면서도 섬세한 독창적 진경
산수화법을 완성하게 한 畵派를 이룩한 畵聖 겸재의 걸작과 生涯를
담은 국보급 화집.
· 제34회 한국출판문화상 예술·사진 부문 수상
· 제12회 東垣 學術賞 수상
타블로이드판/고급양장본/348쪽/케이스 入/값 150,000원

정도 600년 서울지도
허영환(성신여대 교수·박물관장) 지음

조선초에서 최근에 이르는 서울지도 원색 190여 점.
서울의 발전상뿐만 아니라 지도제작의 발달과정,역사적 변혁과 사회상
의 변화를 일목요연하게 보여준다. 서울정도600년史와 서울을 읊은 시
와 노래 등 내용 600년 역사도 실려 있다.
· 제35회 한국출판문화상 수상
타블로이드판/고급양장본/케이스 入/276쪽/값 100,000원

눈으로 보는 책의 역사
안춘근(전 중앙대학원 교수)
윤형두(전 출판학회장) 편저

인류의 사상과 정서를 가장 훌륭하게 전달한 책 변천사!
'책의 위기'가 심각하게 거론되는 현실이지만 인류의 사상과 정서를
가장 훌륭하게 전달해 온 매체인 책의 역사를 고대 이집트의 파피루스
부터 20세기 미국 소설가 존 스타인벡의 '에덴의 동쪽' 까지 책의 흐름
을 사진과 함께 게재. 제목 그대로 '읽는' 책이 아니라 '보는' 책의 형식
을 따랐다.
· 1998년 문화관광부 추천도서 선정
190×260mm/고급양장본/값 60,000원

한국의 목공예
박영규(용인대 교수) 편저

한국미술품 중 가장 한국적인 아름다움이 잘 나타나 있는 것은 白磁와
粉靑沙器 목공예품들이다. 이들은 외형상의 자연미와 순수미를 보이
고 있다.
그중에서도 기능과 함께 건강한 조형미가 가미된 목공예품들은 섬유질
의 부드러운 눈매와 나뭇결로 자연의 아름다움을 더욱 깊이 느끼게
한다.
· 1998년 문화관광부 추천도서 선정
4×6배판/고급양장본/365면/값 120,000원

범우비평판 세계문학

▶크라운변형판
▶각권 7,000원~15,000원
▶전국 서점에서 낱권으로 판매합니다.

범우비평판 한국문학

잊혀진 작가의 복원과 묻혀진 작품을 발굴, 근대 이후 100년간 민족정신사적으로 재평가한 문학·예술·종교·사회사상 등 인문·사회과학 자료의 보고 — 임헌영(문학평론가)

범우비평판 한국문학의 특징

▶ 문학의 개념을 민족 정신사의 총체적 반영
▶ 기존의 문학전집에서 누락된 작가 복원 및 최초 발굴작품 수록
▶ 기존의 '문학전집' 편찬 관성을 탈피, 작가 중심의 새로운 편집
▶ 학계의 대표적인 문학 연구자들의 작가론과 작품론 및 작가연보, 작품연보 등 비평판 문학 선집의 신뢰성을 확보
▶ 정본 확정 작업을 통해 근현대 문학의 '정본'을 확인한 최고의 역작

근대 개화기부터 8·15광복까지 집대성한
한국문학의 '정본'!

50권 완간!

▶ 크라운변형판 | 각권 350~756쪽 내외
▶ 각권 값 10,000~22,000원
▶ 전국 서점에서 낱권으로 판매합니다

세계의 신화 Myths of World

중동 신화 사무엘 헨리 후크 지음/박화중 옮김　인류 문명은 메소포타미아를 중심으로한 고대 중동中東지역에서부터 시작되었다. 그들의 문명은 수백 년 동안 발전을 거듭해 오면서 주변 지역으로 전파되었고, 이를 받아들인 민족은 그 민족 나름대로의 독특한 관점에서 새로운 문명을 발전시켰다. 이 책은 토판 자료를 통해 밝혀진 고대 중동 신화에 대한 폭넓은 이해와 관점을 제시해 준다.　신국판·366쪽·값12,000원

게르만 신화와 전설 라이너 테츠너 지음/성금숙 옮김　북유럽의 신들은 결코 벌을 주는 신, 즉 두려움을 불러일으키는 위력의 존재로 묘사되지 않는다. 그들은 인간들로부터 무조건 굴종을 요구하지도 않는다. 오히려 신과 인간의 관계는 부모와 자식 사이처럼 허물이 없다. 신들도 인간적인 속성을 지니고 있으며 그들은 불멸의 존재도 아니고, 그렇다고 전지전능하지도 않다. 그들은 사랑할 만한 약점들을 지닌 존재이다.　신국판·670쪽·값18,000원

유럽 신화 재클린 심슨 지음/이석연 옮김　'신화'의 주요 특질들은 유럽 전역에 걸쳐 매우 일관되게 나타난다. 그것들을 연구한 이 책은, 초자연적 존재에 대한 신앙들이 어떻게 오늘날까지 대중문화에 의미 있는 요소로 작용하게 되었는지를 보여주는 참으로 흥미진진한 내용을 담고 있다.　신국판·360쪽·값12,000원

이집트 신화 베로니카 이온스 지음/심재훈 옮김　이 책은 이집트 여러 지역에 있는 고유의 창조 신화를 다루고 있다. 눈이나 아툼, 라 등과 같은 태초의 신, 네케베트와 아몬, 아텐 등의 파라오와 왕국의 수호신, 프타와 세크메트 등의 창조와 다산·출생을 담당하는 신, 세케트와 셀케트 등의 죽음의 신과 같은 여러 신들이 등장한다. 특히 각 지역별 신들에 대한 숭배는 고대 이집트의 왕권 확립 및 계승, 당시의 정치 제도 및 사상, 생활을 엿볼 수 있게 한다.　신국판·356면·값12,000원

인도 신화 베로니카 이온스 지음/임 웅 옮김　수천 년 동안 군사적으로 우월했던 침략자들이 대부분 북서쪽으로 인도 대륙으로 침입해 들어왔는데 11세기경 무슬림을 제외하고는 대부분의 침략자들이 인도에 동화되었다. 침략자들은 그들이 정복했던 민족의 보다 선진적이고 깊이 뿌리내린 문화에 영향을 미침으로써 신과 신화가 더해졌다. 아리안족 또는 베다족의 신들과 드라비다족의 토착신들이 뒤섞이면서 힌두교 뿌리가 갖춰지다.　신국판·384면·값12,000원

스칸디나비아 신화 엘리스 데이비슨 지음/심재훈 옮김　이 책의 주요 대상이 되는 지역은 노르웨이, 덴마크, 스웨덴, 아이슬란드다. 핀란드 서부가 포함되는 스칸디나비아 반도를 중심으로 하고 있는데 북유럽 지역을 포괄하는 신화로 볼 수 있다. 거칠고 추운 자연환경을 극복하면서 그들 스스로 만들어 간 문화 및 그 변화 과정이 스칸디나비아 신화의 내용에 그대로 나타나 있다. 이 책에서는 〈에다〉를 주요 전거로 삼고 있으며, 이는 북유럽 신화 기본 자료이기도 하다.　신국판·316쪽·값12,000원

아프리카 신화 지오프레이 파린더 지음/심재훈 옮김　사하라 사막 이남의 이른바 '블랙 아프리카' 지역과 그 주민들 자체의 역사, 신화, 문화 등을 올바르고 상세하게 그리고 있어, 소외된 아프리카에 대한 신화를 풍부하게 접할 수 있는 기회를 제공해준다.　신국판·316면·값12,000원

중국 신화 앤소니 크리스티 지음/김영범 옮김　중국의 신화속에는 인간과 세계의 원형적인 모습과 근원적인 물음들이 날실과 씨실로 짜여 녹아들어 있고, 이 지상의 일시적인 시간성을 초월하려는 웅대한 상징과 꿈이 담겨 있다. 세상이 열리고 영웅이 등장하며, 인간의 육체와 정신을 뛰어넘는 괴설이 등장한다.　신국판·262면·값13,000원